千夜一夜の明くる朝

小川ひろみ

書肆侃侃房

千夜一夜の明くる朝＊もくじ

I

II

Ⅲ

装画　小川ひろみ

千夜一夜の明くる朝

I

雨になる

絹糸のように　なめらかな雫が
遠くにも　近くにも
（少しは　わたしの中にも）
さわさわと　降っていた

わたしは傘を差した
水色に切り取られた世界から

そっと　振り返ると
今　後ろ手に閉じたばかりの扉から
誰かが出て行った

雨のカーテンに消えてゆく藍色の背中
あれはわたしのいとしい人ではなかったか
わたしの中に目を凝らして面影を探す
浮かんだのは　グラスの水だけ
（氷が溶けかかっていた）

いつのまにか　傘を通り抜けて雨が降ってきた
傘の柄を持つ腕が濡れる
　顔も　首も

やがて　わたしの体は透きとおって
小さな雨粒に　分かれ始めた
今　小指の先が　消えた
ほらもう　手首まで
雨になってしまった

ふいに安堵する
ああ　そうだった　わたしは
雨になる日を　待っていたのだった

　さわさわ
　　さわさわ

さわさわ
さわさわ

もう　頭の中まで　全部　雨なので
わたしが　誰なのか
あなたが　誰だったのか
なんにも　思い出せない

潮騒

何十年もの間
ペン立てにひっそり埋もれている
白い二枚貝の片割れ

耳にあてれば
今も潮騒が聞こえる
物語のエンディングのようであり

収まらぬ胸の高鳴りのようでもある

目を閉じれば
古い思い出に
色合いがよみがえる

波が寄せるとき
私を見ていた瞳
波が引くとき
遠ざかって行った背中

永遠と思えたが
そうではなかった

潮騒は永遠に繰り返すのに

あるいは
本当に永遠だったのかもしれない
振り向きさえすれば
いつでも手が届くところにそれは
あったのかも知れない

野薊

図書館の帰り道
川沿いの細い道をいつも並んで歩いた
夕暮れをわたしたちのものにして
空の青が朱に染まり　深い藍色に変わるまで
橋は互いの家への分かれ道
また明日ね

うん、また、明日

いつも胸にいっぱいの言いたいことを
もてあますけれど言葉にできず
わかりもしない未来のことをしゃべり続けた
どちらかが黙りこむのを恐れながら
そうしてまた橋のたもとに着いてしまう

ある日とうとう笑い声は途絶えた
あなたは立ち止まる
水の流れる音だけが絶え間なくつづき
わたしはあわてて言葉を探す
砂糖菓子の瓶でもまさぐるように

それは予想もつかない出来事だった
口づけ
あなたは風のようにかすれた声で
ごめん

わたしたちの沈黙が
どれほどかけ離れていたかを知った
私は逃げた
ふくらはぎに刺さる野薊を蹴って

やさしい夕暮れは
もう二度と私に訪れない気がして
哀しかった

その日から
世界の色が変わってしまった

あれは今も
裏切りだったとしか
思えない

ピリオド

遠い昔に読んだ詩の中のフレーズを
思い出したような気持ちで
あなたのはにかんだ笑顔を見ていた
十五年も一緒に暮らしたのに初めて見せる顔
彼女のことを話すあなた
おかしいくらい無邪気に

さまざまな逡巡、屈辱、憤怒、悔恨、すべてが
レモネードをかきまぜながら急速に消え失せていく
沈んだシロップが溶けたとき
おめでとう、お幸せに、と言えた
涙をこぼすタイミングも失って
出番をとばされた女優のように

遠くを通る老人の腰が曲がっているのを
ぼんやり眺める
あの老人も恋をした頃があったのだろう
いつかこの人もわたしも
別々の場所で老人になる

涙の代わりに伝うグラスの滴を
ひとさし指に掬い
忘れていたピリオドを打つ
あなたが去ったテーブルに

青い檸檬のままで

宇宙の藍色が沈む瓶の中
それはそれは小さな庭の片隅に
凛ととげを立てた堅い檸檬の木
泣き濡れて裸足で下り立つ草の上
そっと触れる青い檸檬の実

傷ついた鳩が羽を休める庭の暗がりに
わたしは落胆に打ちひしがれたのだ
冷たい額を朝露に濡らすまで
それは深い心痛だった

夜がなみなみと満ちたとき
濡れそぼった鳩は声もなくうずくまる
ほら足音も立てずに瞳を光らせた猫が狙っている

お逃げ！・・・・ああ、お前は飛べないのだね
どうすることもできないことはあるものなんだ
子どもの頃にはわからなかったけれど

遠くにまたたく家々の光が
にじんでふくらんで陽炎のよう
わたしが望んでも得られなかったものが
きらめいてあふれているあの明かりの中

そんなものを見たくはない
わたしにはこの小さな瓶の底が
世界のすべてだった
唇を真一文字に結んだ少年のように
いつまでも青い檸檬のままで

霧の雨降る夜

どこかでサイレンが鳴り犬が遠吼えをはじめ女の笑い声がして
湿った夜風に吹かれ冷えた頬を触るとてのひらが驚くほど温かく
急に泣きたくなるのは思い出したせい誰かの温もりを
まるであるじのいなくなった部屋を見定めたかのように
開け放った窓から風と霧雨が注ぎ込む
たちまち床が濡れていくのが予想外にすがすがしいから
空っぽの部屋で今日はひとりの宴

引っ越し屋が落としていったひしゃげた麦わら帽子の
横にくっついているバッジは昔祭りの露店で買ったもの
いつでもごみ箱に捨てられるこんなつまらない持ち物のように
何もなかったんだこんなにわたしは空っぽだったんだ
しかめっ面して偉そうに何をいきまいてきたのだか
とどのつまり放り出されたのはわたしの方だったじゃないか
こみあげてくる笑いを笑おうとしたら笑えず
喉からは細い風が漏れただけ

透明な積み木

透明な積み木を
重ねるように
見えないものを
積み上げていくことは
とてもむずかしい

そこに積み木があることを

いつしか忘れてしまって
手探りで探すときにはもう
それが本当にあったのかさえ
わからない

風が吹いて
背中が寒い夕方
いつだったか遠いむかし
わたしのそばに誰かがいて
風をさえぎってくれていたような気がする

その人の顔を思い出そうとしても
もう難しいのだけれど

その人と一緒に積み上げた積み木が
どこかにあったはずなのだけれど

追憶

庭の木蓮が開いた
風光る朝
ひとつ　ひとつ　思い出の虫干し

この抽斗
長い間　閉じっぱなしだった
どうして開けようとしなかったのだろう

宝物がいっぱい　はいっていたのに

寄り添って笑うあなたとわたし
赤ん坊を抱き上げるあなた
テニスコートで困った顔のあなた
わたしの返球がひどすぎて

二人の積み上げてきたもの
本当は　たくさんあったね
見ようとしていなかったのは
わたしの方だったのかも

一枚の写真

七五三の着物のまま眠ってしまった子を
疲れた顔で抱きかかえるあなた

二人が壊れたのはあの冬だった
どこかではずれた小さな歯車
抽斗の奥に
こんなところに

雨の朝

潮騒のようだった
目覚めても横たわったまま
国道を通るおびただしい車の音を
うっとりと聞いていた

町なのに潮騒が聞こえるのねえ
まるで海辺の家のよう

寂しく広いシーツの上に言葉を浮かべる
海辺の家になんて住んだこともないくせに

海辺の家に住んでみたいな
こんな国道沿いじゃなく
ほんものの潮騒に耳を澄ませてみたい

ありもしないこと
できもしない夢を並べ
ぼんやり横たわっている

話しかける背中もなく

ぽっかり虚ろな
雨の朝

待ち合わせ

待ち合わせの場所を確認しておこうよ、とあなたは言った
ふるさとの山、なつかしい小径
草いきれの中、ずんずん上っていく背中
朽ちた古木が横たわる山門を抜け
ふいに開ける踊り場の奥には延々と高みへ続く石段
ひい、ふう、みい・・・
数えるうちに息が切れ

立ち止まれば差しのべられるてのひら

てっぺんにたどり着けば
ああ、ここだ、とわかる
巨木の木下闇に広がる境内
私たちがまだ何も考えていなかった頃
弁当を広げ、お菓子を食べ
先生の笛が鳴るまで、ただ走り回って遊んだ
木漏れ日がまぶしかった、遠い夏
あなたと私が遠足に来た場所

どちらが先に逝くかわからないけれど
もしも魂があるのなら

ここで待ち合わせしよう
おでこの汗を手の甲でぬぐって、あなたは言う
それから、鶏小屋の前にしゃがみ
鶏にも何か話しかけている
鶏になんておそらく一生話しかけたりはしない私を
あなたはどうして好きになったのだろう

風が吹いてざわざわと巨木が騒ぐ
魂になってここへ帰ってきたひとたちだろうか
待ち合わせた人が来なかったら
永遠に空を漂うのかしら
永遠って何だろう

あなたみたいにまっすぐじゃない私だけど
もしも先に魂になったらここで待っています
時々退屈しのぎに木霊になって
鶏の声を真似したりしながら
おじいさんになったあなたに
ココ、ココヨー、って
大きな声で話しかけたりもして

望郷の朝

雲が地を這い
山の裾野に綿を敷き詰めていく
あれをごらん水蒸気かしらん
あなたはいつも朝の窓辺でひとしきり外を眺める
ほら富士山が今日も真っ白だ
ワイシャツの袖を留めながら
あなたは満足そうに言う

遠く霞む丹沢の稜線の上に
薄い空色が春を告げている

空を見ればいつもふるさとを想う
繁二郎の描く水色の空の下
私は「帽子をもてる女」になって
筑紫次郎を渡る長い橋の上を
ゴトンゴトンと電車に揺られてゆくのだ
菜の花の黄色い絨毯に覆われた土手を見下ろし
むせるような追憶に浸りながら

恋しいふるさとよ　父よ　母よ
すべての幸せがそこにはあった

そこにいれば徒《いたず》らにものを書くこともなく
絵を描くように暮らし歌うように話し
言葉はただその心を伝えるだけ

何が私をここへ運んだのか
いいえ私が自らここへ来たのではなかったか

けれども　ここには本当の空がない
私はまるで智恵子のように
迷子の顔でおろおろ歩くばかり
青白い空の下　余所行きの挨拶を繰り返しながら
今日も指折り数えている
ふるさとへ帰れるその日まで

あといくつの朝が来るのだろうと
綿雲のように地を這いながら
ふわふわと浅い息をしている

II

階段に座って

幼い頃　階段に座って　いつもみていた
それは　哀しい風景　父と　母の
葛藤　という言葉さえ知らず
むきだしの感情をそのまま　感じていた
孤独の　ぽっかり開いた　孔を　見ていた

ある晩　気が付くと　階段でひとりぼっち

何故　みんないなくなったのだろう
わたしひとり　残して

風の音は窓を震わせ
やがてひどい嵐になった
これからずっとひとりなのか
長い長い間

怯え　震えていた
クリスマスの夜だった

氷雨が窓を叩く音に　身動きもできなかった
ずぶぬれで帰って来たのは父
背中を丸くしてストーブを点け

階段のわたしを見つけると顔が綻びた

父は泣いていた
お前だけは行かなかったんだね、と言いながら
父の腕に抱き上げられ
深い安らぎに包まれた

やがて　母が帰ってきた
姉と弟の手を引いて
その日サンタは来なかった
言葉もなく
哀しいクリスマス

嵐が過ぎて朝が来て
いつものざわめきが戻っていた

今もときどき
夜中に目を覚ますと
わたしはあの夜の階段に座っている
心細くて泣きそうになりながら
何故　みんないなくなったのだろうと

おとうと

電話の声はいつもだみ声
うるさそうに
ああ、何ね
用事を聞くと鼻で嗤う
ふん、わかった
おとうとはいつも
ぞんざいでえばっている

ふるさとにかえると
おとうとの顔を見る
疲れているなあ
焼酎を飲み過ぎているらしい
笑いながら目が泣いているときもある
おとうとはうるさそうに
んなあんか、せからしか

おとうとがお爺さんになっても
私の瞼の中には
一日中外遊びをして疲れ
壁にもたれて動けなくなった

おとうとがいる

ピノッキオのように
両足を投げ出して
すやすやと眠っていた
小さな私のおとうと

チェシャーキャットは笑ったよ

チェシャーキャットは笑ったよ
こっちを向いて歯をむいて
あそこの家の塀の中
真っ暗ヤミヨが潜んでる

たまごをむいたよつるりとむけた
ねえやがサラダを混ぜている

普段はたいそうおしとやか
灯りが消えればウィッチーウーマン

竈《かまど》の中は地獄の火炎
ローストチキンがもうすぐ焼ける
パイにたまごを塗ったたかい
奥方の声ぴりぴりとがる

たまご割ったよどろりと割れた
ひよこの心臓血豆のようだ
ねえやはエプロン投げ捨てて
父様の手を取り逃避行

キャンドル消えた真っ暗ヤミヨ
風もびゅうびゅう吹いていた
やさしい母様悪魔が憑いて
家中の皿を叩き割る

街はリンドン鐘が鳴り
窓の外には聖歌隊
幼い娘は泣いていた
サンタも来ないセイント・ナイト

夜と夜明けと昼と夜
いつのまにやら父様がいて
いつものように母様が

おっとり髪を梳いていた

割れたたまごは戻らない
もう戻らないおとといの
おいしいサラダとやさしいねえや
お歌を歌ってくれた人

チェシャーキャットは笑ったよ
こっちを向いて歯をむいて
あそこの家の塀の中
今もヤミヨが潜んでる

行く春

改札を抜けてこちらへ
近づいてきた母の姿
このまえ逢ったときよりも
また少し小さくなった
私をみつけてくしゃっと笑う
チャーミングだった口元も
不思議なほどしわしわに

ふいに泣きそうになりながら
無理やりにぎやかにおしゃべり
まいったよ、いろいろねえ
母はうれしそうに目をしばしばして
ああそう、ああそうね
いちいち相槌うってくれて

城址の桜を見上げながら
ゆっくりゆっくり歩く
今年は桜が花ごと落ちてるね
急に寒が戻ったりしたから
まあ柳の新芽がとてもきれい

あら今うぐいす鳴かなかった？

母の話はいつも花のこと鳥のこと
私の話はいつも人のこと自分のこと
それでも話せば互いに満ち足りる

わたしも母とゆっくり歩こう
ひととせごとの桜をめで
行く春を惜しみながら
やさしく老いていきながら

再会

未来や夢や空想の話
蓮華の咲いた田んぼの畔で
半分ずつのリンゴをかじりながら
私たちは時の経つのも忘れて語り合った
甘い匂いの風に包まれていた

あれから長い時間

別々の人生をコツコツと生きてきた
輝かしい日もあれば
思い出すのさえ嫌な日もあった
言葉にできないほど悔しいことも

それなのに振り返ると
不思議に大したことは何もなかったように思える
蓮華の花の咲き乱れる中を
駆け抜けてきたような気さえするんだ
全部、空想だったような

互いの顔に刻まれた皺のように
歳月はどうしようもない事実の積み重ねで

おそらく埋めることのできない溝が
私たちを隔てているのだろうけれど
そんなことは一切どうでもいい

今やっとわかった
過去のある一点とつながっている自分を
私は絶えず確かめながら歩いてきた
コンパスの軸足だったのは
友よ
あなたとの時間だった

未来や夢や空想の話をしようよ
夫や子供や仕事の話じゃなく

雨のそぼ降る公園を二人で歩き回る
樹皮に張り付いたカタツムリの前で
やっぱりあなたは立ち止ったから
私は嬉しかったんだ

振り子の音

青蚊帳《あおがや》吊った小さな宇宙
並んで寝ている小さな祖母《おばあ》
夜はどこまで真っ暗闇か
隙間も見えぬ分厚い雨戸
寝ているわたしの手足も見えぬ
そもそもわたしはいたかしらん

眠れぬ夜はますます冴えて
振り子の音のみコチコチ響く
コチコチコチコチこっちへおいで
コツコツコツコツ何かの気配
闇に浮かんだ二つの光
黄金《こがね》の眼《まなこ》がこっちを見ている

夜の闇から滲み出た
得体も知れぬ何かの目玉
鬼か魔物か化け猫か
ギョロリパチクリ瞬きもする
隣の祖母はしんしん寝ている
わたしは食われてしまうのかしらん

振り子の音はいつ途絶えたか
気付けば祖母は庭仕事
まぶしいお日様しとどに射して
伸ばした四肢は食われておらぬ
昨日の夜と今日の朝
同じわたしでいるのやら

蔦はどこまで

蔦はどこまで伸びていく
生垣の隙間に蔓《つる》を這わせ
窓を覆い屋根を越え
酸漿《ほおずき》のようにすっぽりと
夜の帳《とばり》が降りたなら
蔦の葉の間《ま》にこぼるる光

父さん母さんぼそぼそ話し
あねおとうとの笑い声

蔦はどこまで伸びていく
石垣の隙間に根を張り広げ
高い高い天守を越えて
鯱《しゃちほこ》の尾ひれに揺れている

有明の月に鏑矢《かぶらや》響けば
蔦の城から鬨《とき》の声
兵どもの夢の谺《こだま》に
冷たい朝の風が吹く
冷たい朝の風が吹く

姉

姉は理屈屋でひどく無器用
父譲りの斜視で相手を藪睨み
喋り出すと止まらない
たいていの人はこりゃたまらんとばかり
軽くあしらって逃げていく
すると姉は大変傷つき
目をぱちぱちと瞬いて

気まずそうにエヘヘと笑う

姉が庭のさくらんぼをもいで
好きなだけ食べたと言う
姉が両手でボウルを抱え
さくらんぼを頬張る顔が目に浮かぶ
栗鼠のようにほっぺたを膨らませただろう
種をプププと飛ばしただろう
いくつになっても無邪気な姉
きっと世界中の誰より
神様に愛されている

友よ

駅であなたを見た
俯いて携帯を見ている
誰かを待つように
物憂げな横顔が懐かしい
雑踏を掻き分けて近寄ると
誰もいない

どうかしている
半月も前に彼岸に旅立ったと
聞いていたのに

それとも
あなたはどこかで
今ものんびり写真を撮ったり
ソフトクリームを舐めたり
しているんだろうか
ぶらぶらするのにも飽きて
私に悪戯をしに来たのだろうか

約束したよね

あなたの写真と私の俳句で
いつか写俳展をやろうと
秘湯にも行こうと

すぐにやれば良かった
すぐに行けば良かった
一番大事なことだったのに
後回しにしてしまった

友よ、あなたはいつも
私の書いたものを
真っ先に読んでくれたのに

あなたの集めたもの

あなたはたくさんのお面を集めた
いろんな顔にちりばめられた思い出を
あなたは愛したから
物語の表紙をなでるように

あなたはたくさんの時計を集めた
そこにあなたの懐かしい世界があったから

少年の心を閉じ込めてチクタク動く美しい宝物
翡翠の秒針はあなたのいない今をも刻む

あなたはたくさんのぐい呑みを集めた
それはあなたとあなたの愛した人が
二人で過ごしたうつくしい時間を
甘露の酒に溶かして何度も味わうため

あなたの集めたものたちは
あなたの愛した人を優しく見守り続ける
まるでこの日のために集められていた
妖精たちであるかのように

少年と私

少年はとても幼いのに
全ての哀しみを知っているような眼差しで
私を見上げた
手をつなぐと
冷たく湿った小さな掌が
私の掌にすっぽりと収まる

とっぷりと日の暮れた街並みを
ゆっくり歩いていくと
少年の家に着いた
奥にぼんやり灯りが点っている
家の中には声もない
少年はまもなく戻ってきて
再び私と歩く

ふいに思いが込み上げる
この子を連れて帰ろうか
この子と一緒に暮らそうか
甘いお菓子を作ってやろう
熱いシチュウも食べさせよう

けれども少年は言い放つ
「おばあちゃんがさみしがるから、帰る」
私は狼狽《うろた》える
「そうね、おばあちゃんがさみしがるとかわいそう」
少年の冷たい頭をなでながら
さみしいのは私なのに
かわいそうなのは私なのに

佇む私を水銀灯が冷たく照らす
途方に暮れる私
みんな帰る場所がある
私はどこへ帰ればいいのだろう

すると私は少年になって
佇む女に手を振っていた
さよなら、と言いながら
さあ帰ろう、と思いながら

早春

まだまんまるとは言えない月だが
光はこぼるるるばかりに降ってくる
はるか彼方まで続く平行の畝は
ベージュと黒の縞柄のシャツのよう
ボタン穴には点々と
苺の苗が座っている

風は冷たいが確かにほんのり甘い
南の島の花園の匂いだ
この風は海を渡ってきたのだ

海の向こうでは娘も月を見上げているだろう
外つ国の月にも兎が見えるだろうか

なんてうつくしい夜だろう
ぜんぶの過去と未来があるような
何もなかったようでもあり
すべてが終わってしまったようでもある

Ⅲ

朝顔

この世のすべてが明日には亡びるかもしれないのに
女達は悠長に爪を飾り男達は酒場でくだをまく
人類が亡びても朝日は昇るだろうから
わたしは朝顔の種を蒔こう

瓦礫の中に双葉が顔を出し

横たわる人骨に捲き付いて伸びる
やがて大きな青紫の花が
朝露をこぼして開くだろう

しゃれこうべの眼窩から
何事もなかったかのように
いや実に何事もなかったに等しい
ほんの一時期勘違いの甚だしい連中が
この星に我が物顔で跋扈し死に絶えただけ

大輪の朝顔よ
誇らしく開いておくれ
わたしの目玉を養分に

さあ今日はどうしても朝顔の種を蒔こう

サンドウィッチ作り

人生のほとんどをかけて食パンの耳を落としているばかり
何十年もひとつの歯車になって黙々と回りつづける
しかも誰かの歯車を動かすためのおびただしい歯車の中の一つに過ぎなくて
それもある日突然いなくなっても誰かがチッと舌打ちする程度の歯車なのさ
人生のほとんどをかけて食パンの耳を落としているばかり
あまりに月日が経ったので感性はこちこち体はぶよぶよ

関節はぎしぎし歯ぎしりぎしぎし
サンドウィッチにありつく頃には歯もなくなっているだろうよ

人生のほとんどをかけて食パンの耳を落としているばかり
おいしいサンドウィッチを作るはずだったのに
準備が長すぎてパンはかさかさ卵は鶏になっちまった
しまいにゃ何を作っていたか忘れてしまってぼんやり包丁見てる始末

人生のほとんどをかけて食パンの耳を落としているばかり
子ども達が並んで待っていたのに
待ちくたびれてどこかへ行ってしまった
もっとすぐにごちそうを食べられる別のどこかへ

サンドウィッチを作る必要もなくなったのに
やっぱりなぜだか食パンの耳を落としているばかり
歯車は歯車でいる他にどうしたらいいかわからないのさ
象が巨体になっても小さな杭につながれたままでいるように

ふわふわの食パンにハムとレタスと卵をはさんで
食べたかったんだよ子ども達と並んで
どうして早くそうしなかったんだろう
我慢のための我慢のための我慢ばっかりしてさ

待っている人がいないならもう食パンの耳を切る必要もないのに
どうして相変わらず歯車でいるんだろう
歯車のための歯車のための歯車のための歯車・・・

めんどくさいなあ　もう！
おしまいに包丁で自分の耳でも落としてみようか

瓦礫の街で

空っぽの乳母車を振りかざし
咆哮を上げている男がいた
窪んだ目を血走らせ
拳で空を突き
狂ったように叫んでいた

なぜ私の息子はいなくなったのだ

今朝までこの中で笑っていた
あの小さくて柔らかないとし子よ
吹き飛ばされて消えてしまった
なぜ？　どうして？
あの子が何をしたっていうんだ！

瓦礫の街で悲しみに打ちひしがれた人々に
なおも爆撃の嵐が襲いかかる
ただひたすら市井の暮らしを破壊する
こうまで冷血な「正義」が
何によって正当化されるというのか

男は血の涙を流した

返せ、返してくれ
私のいとし子を・・・

あの父親は
赤子の骨を拾うまで
生きていられただろうか

ナイフ

薄い、よく切れるナイフを
いつも握りしめている
さくり、さくりと
目の前の塊を切って歩く
白く、ぶよぶよした塊は
刃がまっすぐに通らないので苛立つ

青いプラスチック消しゴムのような奴は
だいたい同じ幅でまっすぐに切れるのに

時折は肌にまとわりつく粘土の塊を
ナイフの先で慎重に削り取る
こいつは油断すると自分を傷つけて
肘からぽたぽたと血が垂れてしまったりもする

物心ついてこのかたナイフを手放したことはないが
いつから握っていただろうと考えると
さっぱり思い出せないから不思議だ
生まれたときから握っていたとは思えないが

ナイフの刃を研ぐことも大切だ
休みの日によく眠り、きれいな水をかけて研ぐ
心が弱くならないように気をつけねば
目眩がするようだと刃がなまくらに研げちまう

容赦なく切って歩くのだ一刻も休まずに
目の前がごちゃごちゃとがらくたらけになり
息ができなくなってしまうから
そいつもこいつもどれもこれも手早く切ってしまえ

躊躇している暇はない
粘液質のアメーバだってコルクみたいなのだって
刃先でこじこじと剝がしてやれば

しばらくはどうにか息がつける
時にはもう嫌気がさして
ナイフなんて放り出したい気にもなるけど
しかしやっぱりそうもいかないのだ
なぜだかよくわからないけど

わたしが女だったころ

タンスの整理しようとして
別人だった自分を見つけた
羽のようなジョーゼットのブラウス
華奢な肩紐のイブニングドレス
手に取るとぽろり
古びたスパンコールが剝がれ落ちる
こんなふうに甘い夢は終わった

生活の匂いのする二の腕を
もはや露わにもできゃしない
わたしが女だったころ・・・か
ノスタルジーに浸るには
まだかすかな痛みを伴う
指先にスパンコールを拾い
そっとタンスを閉ざす

新緑にそそぐ雨

表は雨が降っています
音もなく霧のような雨
新緑が濡れています
雨に洗われて鮮やかな緑です

それは美しい雨ですが
ゆめゆめ濡れてはいけません

忍び寄る悪魔のような
見えない毒の滴なのです

賑やかな音楽と明るい笑い声
眩しい灯りに照らされた部屋
私たちは享楽に慣れすぎて
暗く侘びしい暮らしになんか戻れない

だからいつまでもここにいて
滅びの宴を愉しみましょう
死の灰が舞おうとも
悪魔の雨が降ろうとも

濡れないように気をつけていれば
さほど不自由はありません
あんまり息を吸わないでいれば
なに大丈夫、大事ない

ほら今日も外は雨
音もなく霧のような
美しい美しい雨でしょう
新緑もこんなに鮮やかです

ここはどこ

足早に去る背中
追いかけて迷い込む
行き止まりの路地
振り向けば
おかっぱ頭の幼子が三輪車をこいでいる
笑いながら酔客の間を縫って

いつからか何かが狂ってしまった
私の場所はここじゃない
ここはどこ

薄暗がりに手招きをする影
あれは父だろうか
私を呼んでいる
帰らない人たちのもとへ

夢うつつの澹《あわい》から浮きあがり
深く息をして
今朝も私は戻って来る
ワタシという位置へ

その目

――青木　繁に

絵を観る喜びに打たれたのは遠い昔
プールの匂いが漂う仄暗い美術館
巨大なカンバスの中から
こちらを見ている目

魚を引き摺っていく男たちの
赤銅色の筋肉

砂を踏む音
磯の匂い
激しい漁の疲れと
収獲の安堵
猛々しい漁夫の列に
ひとり紛れている
不安げな目

倦怠の夕陽を浴び
労働を終えて帰る男たちの
重い足取りの隙間から
その目は確かに
わたしに問いかけた

（お前は何者か？）

その問いに捕らわれたまま
わたしは今日も切々と
砂を踏んで歩む

秋

虫の音はいよいよ溢れ
わたしたちは声もなく歩む
ああ　塞ごうにも言葉が止まらなかった
あの若い日は遠く

月は濡れた光を
あなたの頬に注ぐ

横顔のまま　あなたは
何を思っているのか

秋の気は澄みわたり
どこまでも
まるで魔法のように
歩き続けていられるようだ

わたしは遠い昔の秋を思い出し
遠い未来の秋を思い描く
乾いた靴音が時を往来し
どこからか　きんもくせいが匂った

こうして二人　歩いていることが
どれほどの奇跡か
たとえ過去も未来も
本当は　ないのだとしても

告白

ワタクシはヒトにみえませうが　さにあらず
ヒトの形を成せる　虫の楼閣なのです
ルーペでのぞいてごらんなさい
肌色の小さな羽虫が幾重にも集まつて
なにやら蠢いておりませう

その一匹一匹が　烈々と

食《くら》うております
食《くら》はれているのは
ワタクシでありますが
羽虫があまりに幾多の層を成しておりますので
もはやどこからがワタクシ自身なのか
判然といたしません

ワタクシは日に日に蝕まれ
朽ち果てる日も間近と思はれますが
何しろ羽虫どもが
嫣然と肥え太つてまいりましたので
傍目には何の変哲もなく
ワタクシの姿を保つておるのであります

ああ　もはや
食《く》い尽くされる日もそう遠くあるまい

そのとき！
この億兆の羽虫どもは
ワタクシにとつて代はり
もうすつかりワタクシの顔をして
ぞわぞわと嗤うのでありませう

千夜一夜の明くる朝

王の怒りは凄まじく
不貞の妃のみならず
すべての女に向けられた
夜毎処女を娶り朝には処刑

民は恐れおののき目を伏せる
城を包むは青白き憎悪の炎

裏切りは君子を鬼に変え
紅顔の若き王は一夜にして魔物と化す

無辜の娘たちは次々と王に差し出され
大臣は苦悶に頭を掻き抱く
おお　愛する娘シェヘラザード
お前を生贄にせんと育てし父に有らざるを

賢明なるシェヘラザードは王に寝物語り
現はれたるは言霊の魔力
娘の口から溢れ出づる物語は
尽きぬ泉のごとく魔王の心を潤す

民は安堵の胸をなで下ろす
城の魔物はなりを潜め
シェヘラザードの処刑は日延べ
寝物語の尽くるまで

千夜一夜の明くる朝
王は娘を妃に迎えた
物語の続きを求めんがため
否、王はシェヘラザードを愛したのだ

愛こそ憎しみを封印する唯一の力
愛こそ最も心躍る物語の始まり
千夜一夜の物語

明くる朝の大団円

されど民は忘れまじ
城は婚礼に湧こうとも
千夜一夜の前夜まで
絶たれた命の在りしこと

大団円とは笑止千万
死屍累々の上に赤毛氈
戻らぬ命は踏みにじり
花びら巻いて舞踏会

なにゆえ暴虐の限りを尽くし

今は悔いたと嘯《うそぶ》いて
宴の美酒にすべてを流し
祝福を受けるに値いせん

王は赦され民衆は踏まれ
名もなき娘は名もなきままに
弔われることもなく
骸は猛禽に啄まれ

玉座にふさわしからざる王よ
屍の腐臭を嗅ぐがよい
語られぬ物語を知るがよい
冷たき土の下の物語を!

千夜一夜の明くる朝
頬を染めたる王と王妃に
谺を運ぶ風のうなり
帰らぬ命をいかにせん
戻らぬ時をなんとする

千夜一夜の明くる朝
革命の狼煙がたなびいた
城から遠い市井の隅に
娘を　帰せ！
我らが幸《さち》を　返せ！

あとがき

東京駅前の丸善で田島安江氏とお会いしたのは、陽光眩しい七月でした。ろくに選り分けもしていない詩の束を前に、初詩集への思いの丈を語る私に、辛抱強く耳を貸してくださいまして、心からお礼を申し上げます。

書肆侃侃房の園田直樹氏にも大変お手数をおかけしました。ゆうパックやメールで何往復もした詩たちが、お蔭様で一冊の本になりました。ありがとうございます。

私が詩らしいものを書き始めたのは小学校五年生の頃でした。高校時代は友人と詩の交換をし、大学では何の迷いもなく文学研究会に入りました。ところが、或る人の鮮烈な才能の迸る詩に衝撃を受け、しばらく書くのを止めてしまいました。後に、その人がユリイカ新鋭詩人だったと知りました。井の中の蛙が大海を知った、痛い体験でした。

その後、福岡県で教員を務める傍ら、心の声を書き留めずにおられなくなり、何篇かを国語部会誌「つくし野」に投稿しました。「瓦礫の街で」はイラク戦争の報道を観て出来た詩でしたが、２００８年の「つくし野」に掲載後、河北新報社から転載して良いかと連絡を受け、驚きました。印刷物に載せるということの意義を改めて実感した出来事でした。

また、私のささやかな詩歴の中で特筆すべきことは、四十代の頃、青木新六氏から詩誌「たむたむ」にお誘いいただいたことでした。お蔭様で、柏木恵美子氏から、合評会のたびに温かいご助言や励ましを賜りました。両氏には深く感謝しております。

２０１１年に「たむたむ」は残念ながら廃刊となりました。偶々、同年、私は再び東京に転居しました。その後も、パンとペンのシーソーを往来する蝸牛のような創作活動ではありますが、所属している同人誌に投稿することを励みとして、今に至っています。

いつも、どんなときも、応援してくれる母の誕生日に、この詩集を贈ります。それから、書いたり消したりしてばかりいる私を気長に寛容に見守ってくれる夫へ、感謝を込めて。

小川　ひろみ

2018年9月30日

■著者略歴

小川ひろみ

1960年（昭和35年）福岡県久留米市に生まれる。明治大学文学部卒業。
東京都昭島市在住。
九州文學、小九州詩人会、海峡派　同人。福岡県詩人会会員。

詩集　千夜一夜の明くる朝

２０１８年10月15日　第一刷発行

著　者　小川ひろみ
発行者　田島安江
発行所　株式会社　書肆侃侃房（しょしかんかんぼう）
〒８１０-００４１
福岡市中央区大名２-８-18-５０１
TEL：０９２-７３５-２８０２
FAX：０９２-７３５-２７９２
http://www.kankanbou.com　info@kankanbou.com

装丁　園田直樹（書肆侃侃房）
ＤＴＰ　吉貝悠
印刷・製本　株式会社西日本新聞印刷

ISBN978-4-86385-341-6　C0092